歌集　アイのオト　永田愛

青磁社

アイのオト＊目次

永田愛歌集

アイのオト

crescendo

タクト振りながらときおり空《くう》を見るきみのなずきの重さをおもう

耳よりもこころ傾け吹くときのａ minor はかなしい言葉

気がかりな曲をさらえるチェロ・ヴィオラ・フルートがいて楽屋にぎやか

指揮者には指揮者の準備があるらしく右手・左手・手首をまわす

すこしずつきみに傾きゆくわれを自覚しながら読むEメール

くたくたになりすぎるまで玉葱を炒めてみてもさみしさはあり

きみを思う時間わずかに膨らみてクレッシェンドのような週末

四本のトロンボーンに友の音あればひとつをききわけて聴く

レバー式回転座椅子

弁当に祖母の漬けたる梅干を添えてコトコト職場へむかう

しゃぼん玉飛びゆく空に手をひろげ駈けだす子らの青き夏なり

為すことの少なくなりし祖母の踏むミシンの音を愉しみて聞く

退職を決めたる父母の明日には老後ではなく未来が似合う

六文字の篆書だろうか壁掛けの曲線の字がほとんど読めず

行き詰まる家族会議に俯ける祖母には祖母の言い分があり

明日からは叔母の家族になる祖母が夕餉の鰈をほぐしておりぬ

有休の届けに記す「家事都合」永田の判を右端に押し

たぶんヒトは弱い部位から老いてゆく背後から見る肩の曲線

背凭れに隠れるようにテレビ見る祖母のいそうな椅子の空っぽ

モノクロームの唇

どの春の朝でありしか流れ橋の上に靴音をきみが言いしは

バンザイの姿勢で強く地を摑み空蹴るきみの逆立ちが好き

「追伸」に大事なことを書いてくるきみのメールは最後から読む

きみの声ばかりが耳に届きくる仲間と駈ける夏の砂浜

二〇〇〇年七月十六日の夜　共に眺める皆既月食

さりげなく差しだされたる傘のなかふたりのうえに同じ雨降る

大切なひとがわたしを去ってゆくこの春の祖母、かの夏のきみ

いくたびの夏を凌いでわたくしはあの日のきみを赦すのだろう

唇も掌も声のトーンもモノクロになりゆくきみがわが裡に棲む

BWV1007

穏やかな過去となりゆく去年の夏わが家に祖母がいたことなども

いつからか四人家族に慣れていて祖母が足りないことも忘れる

ものごころつきし頃とはいつならむ蜻蛉を放す記憶のありて

ひとを抱くかたちにチェロを弾く友の音色は今宵しんしんとして

はつなつの風にキリンは吹かれおり洗ったばかりのTシャツのなか

無伴奏チェロ組曲の一番が好きとう君をわたしは好きで

わたくしに足りないものが濃さを増す笑顔絶やさぬ妹といて

別々に住みいる祖母はこの冬のわたしの髪の長さを知らず

La Foliaの意味を知るまで

この道のむこうに秋桜咲くことを告げおり冬のあしたの君に

しずかなる正月休み今年から叔母の家族はわが家に来ない

祖母は去り今日犬逝きてほんとうの四人家族になってしまえり

樫の樹の比重をわれに説いているきみの仕事着　木の匂いして

吉野川橋を渡って会いにゆくあなたは川の南岸のひと

わが町のパン屋にはもう春が来て「さくらあんぱん焼きたて」並ぶ

憂鬱のようなひかりを眠らせてはちみつの壜はテーブルにあり

傾けた壜の内側はちみつのはやさで蜜はかたむいてゆく

好きという気持ちはどうにもできないと河野裕子さんわれに言いたり

次の恋かならずあると言いくれし永田紅さんのまっすぐな声

帰りたいところに祖母は帰りゆきふたたび叔母の家族となりぬ

いつの日がわたしの過去になるだろうきみのメールも婚の知らせも

友だちときみに結婚おめでとう言えますように　声震えずに

きみと吹くことのなかった〈La Folia〉の楽譜のコピーがテーブルにある

（コレルリ作曲 Op.5-12）

LUPICIA

ぎんいろの袋をあける手もとよりアッサムの葉のかおりは立てり

湯気の立つガラスポットのうちがわに茶葉は音なくひらきはじめる

空色の傘をひろげてにわたずみまたいで午後の図書館へゆく

図書館はわれを拒まず恋ひとつ終えた心のままのわたしを

てのひらをじっと見つめる少年はちいさな膝に本をひろげて

わたくしと同じかなしみ持つひとの手紙が届く便箋五枚

魂があるというなら

冬の日にわれとふたりで生まれ来しいもうとがいて墓に眠れり

みどり濃き樒を抱いていもうとの墓にゆきたり朝かげのなか

お墓から家が見えるということもうれしく家の方をながめる

霊園の塀の上をゆく鯖猫の影がふわりと消えてしまった

両がわの通路の草を抜いているときに聞こえる風の吹く音

墓石の合わせめを父は拭くために手前の石を少しずらして

隙間からほそい暗闇洩れていていもうとの墓はこんなに静か

「骨つぼが倒れとうわ」と父は言い腹這いになり腕を伸ばす

父母もいつかはここに眠るひと　おもてをあげて大麻山《おおあさ》を見る

こんなにも小さなうすい容れものに入れられているいもうとの骨

白い布で小さなつぼを拭く父の掌は子を大事に抱いているよう

線香の煙しばらく細く見え空の彼方へのぼりゆきたり

ほんとうは何も覚えてないはずの　水のなかでのみじかい会話

「抱けんまま骨になった」と母は言う木綿豆腐を切りわけながら

掘りおこすように詠っているわれに摑むひかりはあるのでしょうか

「愛ちゃんが死んでも不思議はなかった」とかつて誰かがわたしに言った

音　叉

（ひとをひとり忘れたいから）汽車に乗り雨の街まで会いにゆきます

発券機、自販機、ベンチがあるだけの無人の駅のなまあたたかさ

「T05」駅番号が記されてホーム2面2線の地上

線路横に朱い鳥居が立っていて鳥居の奥はあわい暗闇

線路沿いのコスモスすでに立ち枯れてもう見るひとのいない秋桜

わが町の雨のしずくの残りいる傘をほどいてバスを待つなり

さんかくのメトロノームが片隅に置かれて昼のピアノは静か

鬼灯はいまでもきっと鳴らせると祖母は言いたり昨夜の電話に

田に沿いて二輛気動車すすみゆくときどき土が匂いをたてる

もういいと思いつつまだあのひとに心が残っているような夏

声の降る夏

杉の木と檜のちがいを言いながら父と車で登る山道

この森にひまわりは無し　森の間の空の方から降ってくる声

飛ぶ前に翅をおおきくひろげたり櫟の幹のかみきり虫は

樟と欅はしずか粗樫につくつく法師のあまたなる声

家族らが（今は）元気でいることも母の不安につながるらしい

母校とは実家のようなものですと言いくれし師に会いたき真夏

Intermezzo

シューベルトを読みゆくための手がかりに歌集『無言歌』幾度かひらく

ヴァイオリン奏者の弓の緊張が舞台のうえに連鎖してくる

オーボエとクラリネットの音程のすこし危ういユニゾンでした

ＣＤを聴きつつひらく一冊の前奏曲の総譜《スコア》は薄し

如何ともしがたい恋をしなさいと指揮者Ｔ氏はかつて言いたり

客席にひとの姿はまだなくて背凭れだけがこちら向きなり

珈琲の缶を包みぬフルートを奏でる指をあたためるため

ながきながきフェルマータなり〈カヴァレリア・ルスティカーナ〉の間奏曲の

消えてゆく音の気配を見届けるためのタクトはまだ空にあり

お疲れときみは言いつつ温き掌をわが頭に置けり本番ののち

掌を置かれいることかなしくてうつむいたままお疲れをいう

もし生まれかわるとしたら

障害者手帳を勧める父母に「歩けるうちはいらない」と答える

いもうとの没後もわたしは生きていて墓前に樒を供えたりする

保育所でゴム跳びのゴム跳べざりきわたしの足の最初の記憶

いもうとの月命日に粥を炊き般若心経を唱える　母は

人混みでときおりわが手をひいてくれる妹の手はピアノを弾く手

理由など何にもないというように次つぎひらく庭のあじさい

はつなつの夜には淋しき語感もつ塩おにぎりも莢いんげんも

茹であがるうどんのために大きめの器を四つあたためて待つ

百年を一緒に生きることのない家族とボウルのサラダをわける

紙の舟

紙で折りし舟ではゆけず海の上の朝の橋をひとつ渡れり

帰りにもバスはここから出ますかと確かめて降りるネクタイのひと

道なりに路面電車はゆきながら降りるひとあれば停まりて降ろす

一年を過ぎてようやくきみからのメールを待たぬわたくしとなる

きみがまだ誰の夫でもなき夏の阿波踊りにはふたりで行った

あきらかにきみの音色が足りないと第二楽章なかばに気づく

椅子のないピアノがひとつ壁際にありぬ太古の小舟のように

花の名前を教わった

飛行機は飛び立つ前に走るなり二枚の主翼に力を込めて

「徳島の上空を通過しています」アナウンスありて窓に顔を寄す

晶子より登美子が好きという友と日向《ひゅうが》の空の下に立ちたり

「こんなときは大きい歌を詠むのだよ」ざんざんばらんと詠みしひと言う

半夏生・捩花・虎の尾、教わりて白きロビーをゆっくりと出る

牧水が舟で下りし耳川に橋かかりいてバスで渡りぬ

６つのトリオ　Op.82

まだきみに会うのはこわい出演者名簿にきみの不在を探す

三本のホルンのための曲を聴く両手を膝のうえにかさねて

ぬばたまの髪にかくれている耳が記憶している声を思えり

角笛は狩りに使っていた楽器もう君の名を呼ぶことはない

いつか春野へ

駅を出て日傘をさせり花水木通りの朝をふたりで歩く

朝はやく東寺も行ってきたという白石さんにもらうお守り

てのひらにつつめるほどのお守りの絵馬の手触り花のかたちの

迷いこみし燕が窓から帰りゆくからだのめぐりを青空にして

個性

〈はじめての立っち一歳三ヵ月〉わがアルバムに父の文字あり

手すりなき社の段をくだるとき父はわたしの左を歩く

ころあいを見はからいつつ障害者手帳のことをいうのは父で

下駄箱に手を置き靴を脱ぐわれに「置かんといて」と母はまた言う

できないと決めつけられてほんとうにできなくなってゆくこともある

足のこと暮らしのことを発端に話はわたしの老後に及ぶ

母さんの意に添う娘になれなくてごめんなさいと声にして言う

お見合いの席で言われぬ「愛さんの足はそのうち治るんですか」

治る足だったらいいね　ストローの袋がすこし水に濡れてる

ストローを支えて紅茶を飲むひとの手元にはっきり気づいてしまう

少しだけ足に障害をもつひとと聞きて会いたり手のことは知らず

何のために頷いている　障害は個性だという声を聞きつつ

雨のなか帰りきたれば靴を脱ぐパンツの裾をまず折りしのち

足のことを理由に終えた恋ありき恋をうしなうことも個性か

ホワイトバランス

空色のピアスをつけた両耳があなたの声を慕いはじめる

きみの背を渡って吹いてきた風がわが前髪をふいに上げたり

まだひとの少ない時間　過ぎし日のひかりのように群れている鳩

被写体のわたしの気持ちを待っているきみはシャツの袖を折りつつ

見つめると見るの違いを言いながらきみはわたしにレンズを向ける

スカートの裾が動けり　いい風が吹いてきたよという声のして

われの眼に空が映っていることを告げてあなたはわたしを撮りぬ

トンネルの出口は風の吹くところきみは帽子をかるく押さえる

モンゴルの新月の夜が好きというあなたといつか馬に乗りたい

水面よりわずかに低い遊歩道　タイルの矩形を踏みつつ歩く

絶対に妥協しないでくださいと扉の前のわたしに言えり

デジャヴュ

霜月の部屋の扉は修理され滑らかにまわる銀色のノブ

向きあいて立てば床から伸びている真昼の樹木のようなぼくたち

シャガールの版画のならぶ回廊に人間のこえ低くゆき交う

鍵盤

妹はピアノのおおきな蓋をあけ雨を呼ぶごとく弾きはじめたり

弾くひとのあらわれぬ夜も凛とせりピアノの椅子のたかきそびらは

扉の横にビニール傘を立てかけて喪服のひとは斎場へ入る

死のときにたぶんさびしむたらちねの母と仲良くしなかったこと

いきさつは思いだせない「母さんの足をあげる」と言われ泣きにき

明治神宮

自分から自分が離れてゆく感じ十年前はもっと歩けた

そんな眼をしていたのかもしれなくて駅で言われぬ「入信しなさい」

ひらがなでじんぐうばしと書かれいる橋を渡りて鳥居をくぐる

両側に樹の立つ道を歩くときひかりの、土の、樹の匂いする

だれからも名を呼ばれずにすむひと日　森に呼ばれて森に入りゆく

わが前のこの樹の洞に宿りたし何もかなしくなかったように

あざやかなかなしみのごとし玉砂利のうえにあまたの落ち葉あつまり

手水舎に洗う二枚の掌は生まれたときからわたしの両手

ひとすじの水から水を掬いたり水は柄杓のなかにたまれり

かなしみもチャンスも摑んできた両手　ちさき日蔭に立ちて洗いぬ

冬の森を歩き来しのち陽だまりに木の匂いする絵馬を買いたり

測定結果

風下のわたしの席に飛んでくる小林くんの大事な図面

平面度・外径・内径はかる昼　飛ぶ鳥の影が窓をよこぎる

はつなつの空の高さを測らむとオフィスの窓にノギスをかざす

風上の小林くんが席を立つノギスと定規で紙を押さえて

住宅に面した窓は閉ざされて選別室の空気動かず

われがいま向きあうものは鉄である測定台に寄りてはからむ

永田さんのデータは信用できないと言われいるとき静まるオフィス

洗浄度サンプル捨てないでくださいと貼られておれば捨てられず在る

やり直しのできる仕事の明るさよおもてを上げて廊下をまがる

水色のお風呂の椅子が置かれいる六百トンのプレス機のそば

プレス機のすきまに入りて修理するひとの名前を大声で呼ぶ

指さきを指でのばして干してゆく洗い終えたる綿の手ぶくろ

空いているほうの手を振る製造部にうつって七日の小林くんが

昼のひかりの射す部屋に
明日行く施設はバリアフリーだとヴィオラ奏者が教えてくれる
仲間らと楽器を持ちて集まれり養護（盲人）老人ホーム

入口に椅子が一脚置かれいるおそらく靴を脱ぐための椅子

すこやかな足と換えるということを思わずに過ぎるわたしの一生

敬老の日の祝賀会にて入所者は付き添われつつホールに来たり

指揮棒を持ちいるひとが促せば手拍子おこる〈北国の春〉に

ヘアピンで楽譜の隅を留めており隣の席のオーボエ奏者

口ずさむ声聞こえたりフルートでわれが〈椰子の実〉を奏でいるとき

プロヴァンス太鼓の音に励まされ〈アルルの女〉を最後まで吹く

LAZARE DIAMONDO

さわさわと夏のレタスを食みており日照雨のようにとおき妹

なにが悪い、というわけでなく妹と口をきかなくなって三年

あきらめてきたこと多き日常のかたわらにいつも妹はいて

とうとつな別れのように妹の婚約を聞く　父の口から

とつぐかもしれぬ妹キッチンに母と指輪の話しており

詫びるように生きてゆくのはくるしいよゆうべの段をぐらぐらのぼる

ちかいうちにきっと後悔するだろう家族のことをここまで詠んで

家族からとりのこされてゆく感じわたしの乗れる小舟がほしい

「愛さんのことをむこうの両親に言うてよ」と父に妹の声

リビングの南のひろき窓をあけ父はときおり庭へ下りゆく

妹がおとといくれた一通の手紙こわくてまだ開けてない

妹の夫になるとうひとの声われは知らざりまだ会わざれば

三本の川のむこうに妹の住む町があるのみを知りたり

いつの日か思うのだろう妹の婚を祝ってやればよかった

伝えたい

たらちねの母がひとりで泣いている白いティシューで目頭を拭き

わたしよりあとにうまれた妹がこの長月に子を生むという

おめでとうと言えばいいのか　テーブルに何週目かの胎児の写真

三十歳を過ぎても母を悩ませる　いつまでもこんなわたしでごめん

どのように伝えればいい今はこの家で家族となかよくしたい

すきまほどの時間

月に向く扉をあけて会いにゆくさみしい声で話すあなたに
両方の耳まっすぐに立てて聞くきみに呼ばれるわたしの名前

相づちをあまり打たないひとといて朝の雨を言いそびれたり

触れ合わぬ近さに座りいるひとは窓のむこうの海を見おろす

きみの掌のなかに螢がいるらしく包むかたちの手にて受けとる

夏光

胎動をふいに言いたりまたひとつしあわせを手に入れし妹

すこしずつ母となりゆく妹のからだに触れるははそはの母

土曜日になるたび正しくやってくる妹の夫　夫の顔して

妹が妻の声して夫にいうお風呂掃除の洗剤のこと

とりあえず人数分のスプーンと皿が必要　スープカレーに

あゆはしる夏の硝子の窓開けるこのごろ誰もピアノを弾かず

直植えの苦瓜そだつ支柱とかネットに蔓を絡ませながら

妹のおおきな腹に掌をあてて妹の夫リビングに居り

死んだのは私と一緒に生まれたわたしのいもうと

娘婿にふいにいう母とおき日に死んでうまれたみどりごのこと

左がわの手すりを持ちて階段を下る今年の夏の妹

妹と同じ九月にうまれたるみどりごの手にすこし触れたり

どこかからようやく着いた舟みたい母がひなたに籠《クーハン》を干す

抱かれて玄関を出たみどりごは秋のひかりに目を細めたり

母乳さえうまく飲めないみどりごを抱いてごらんとわれに抱かせる

晩秋のようなあかるさ子を知らぬわたしの腕がみどりごを抱く

各駅停車

山の間の駅に停まれば山の香はするなりひとがひとり降りゆく

複線のちいさな駅の椅子で待つ叔母が迎えにきてくれるまで

裏山の見えるおおきな窓があり日差しを言えば叔母もうなずく

お握りの具は梅干でいいのかとたしかめてから祖母は握りぬ

もうずっと作っていないと言う祖母に作ってもらう〈祖母のドーナツ〉

揚がりゆくそばからわたしが手を伸ばしおいしいと言えば祖母は喜ぶ

永田家で暮らした時間が（いまの祖母の）いい思い出でほんとよかった

三、四日泊まっていったらいいのにと祖母はいく度も駅までの道に

二〇一〇年十月十七日　河野裕子さんを偲ぶ会　グランドプリンスホテル京都

婚近き娘のことをいうひとの言葉をだまって聞いている耳

しあわせになってとわれに言いくれし裕子先生の声にたよらむ

現実がわれのこころになじむまで待とうこころに舟をうかべて

「ああ…これが十月桜」というひとのかたえに仰ぐ十月桜

裕子さんの花だからねと母に言い庭にうつしてもらうコスモス

白い壁

昭和の色とおもうカルテに少女期のわたしの記録がのこされている

諸制度のページに概要書いてある税金のこと運賃のこと

はじめての杖にこころが慣れなくてわたしの町では折りたたんでおく

福祉課のカウンターには椅子がなく立ったまま書く必要事項

杖を使いひとに会うのははじめてで会うのが塔の友でよかった

一冊の手帳のことを詠んだ日のわたしを覚えているという友

夫と子がいてもさみしい友だちのはげまし方を教えてほしい

はなびら

はじめての桜に触れる子を抱きわが妹はわが母に似る

頭を垂れて泣くということをまだ知らぬ子はタオル地のくまを舐めいる

月の声を聴かむと歩くあきらめていなかった日のわたしのように

愛さんを背負うて山へ逃げられる?六十二歳の母の言葉は

妹の子どもの靴が置かれいる十三センチのやわらかい靴

金柑は祖母の樹なのに　金柑の樹を倒したと家族は言えり

まず動く影が入りきてそのあとを戸のむこうから母が来たれり

父母逝きしのちのわたしを案じいる母にふたたび婚を言われる

いつまでも夢みたいなこと言わないで欲しいと今宵二度母に言う

父母よりもさきに逝きたし雨の夜は南の窓を雨は打つなり

雨はやがて近江へゆかむ亡きひとの庭の斜りの桜を濡らして

てのひらにあるもの

LE CREUSET のケトルをゆるくかたむけて昼のはじめの紅茶をいれる

折り紙のぎんいろきんいろいつまでも使わずにいた祈りのようで

短冊にたったひとつの思いさえ書かずにときは過ぎていたのだ

がんばっていないヤツだと思われているのだろうか今のわたしは

霜月は冬の入りぐち好きだったひとの匂いを思いだせない

あたたかくなったら会おうと書いてあるメールのちいさな文字を読みたり

柚子の皮を刻みつつおもうこの冬のあなたとはもう手をつながない

雨ののちのちいさな日なたに干す傘の過ぎし時間のようなあかるさ

ジャメヴュ

立ちどまり、また立ちどまり読んでゆく葉っぱのような付箋をつけて

冬の夜の空のたかさが苦手なりこの世にのこる覚悟が足りず

批評会でぼやぼや発言してしまう自分の声をきいている耳

いまのうちに泣いておくべしほんとうのことを言うときはわが声でいう

写真に残るもののいくつか

夫の死も曾孫菜織《なお》の死も見届けて九十五歳の祖母は逝きたり

母親を亡くした父がふるさとの雪をネットで調べはじめる

祖母ゆきて母のなき子となりし父訛りかすかにおふくろを言う

おおははに十三人の孫がいてわたしは上から五人目くらい

かたちよきグラスに入れたサイダーに檸檬の輪切り添えてくれにき

この春の桜のしたに児を立たせ写真にのこす母というもの

あからひく朝のひなたの公園のつくしに触れて児は立ちあがる

一歳の甥っ子の影いくたびかわたしの影にかくれてしまう

すべりだいの「す」は好きの「す」と児に言いて「す」の書いてある積み木をわたす

背のびしてドアノブに手を伸ばす児の触れてゆくもの知ってゆくもの

雨のやまぬ朝の庭にいっぽんのあかい牡丹は濡れながら咲く

42.195Km

妹と妹の夫が走る朝「応援に来て」と子どもに言えり

児には黄のレインコートを着せてゆく黄のながぐつもちゃんとはかせて

父は児を抱いてわたしは母の腕をつかみて土手の列に加わる

土手の上の風の強さよダイソーで買った合羽の裾ひるがえる

対岸の眉山があおく見えたはずこんなに雨が降ってなければ

濡れながら走りいるひと土手の上に連なりながらわが前を過ぐ

走りいるひとがたくさんいる土手で泣いてしまえり泣けてしまえり

どこまでが声援なのかいつのまにか顎を伝いてぬれる襟もと

着ぐるみの帽子を被っているひとが走りきたればあがる歓声
完走をとげて帰ってくるひとのために湯舟にお湯を張る母

不在

お母さんとうまくやってと明日から入院をする父が言いたり

とればは治る病気だからとははそはの母がわれらをはげましている

月曜日のベッドから来しメールにはお腹をひらくことになったと

思いがけず付き添うことになりました母のメールが届く真昼間

術後まだねむりいる父の辺に寄りて手を握れば握りかえしぬ

ちちははの死後のわが家とおもうまで蛇口のしたの滴がかわく

父の日は病室にいる父のため元気な声で会いにゆくなり

晴れの国

足を前に出せば歩けるとうきみの「二十四時間百キロ歩行」
はるかなるきみの故郷の駅の名に足の字がある祈りのように

歌会には路面電車に乗ってゆく東山行き城下でおりる

とおき日のきみの通いし表町商店街のキムラヤのパン

みがかれしガラスケースのなかにある金のフルート、銀のフルート

アーケードがふいにあかるむお揃いのポロシャツを着た子どもが集う

パレードのはじまるまえの子どもたち金管楽器を抱えて並ぶ

逃げなくていい

河童忌に会いたいひとはもう在らず月のたかさにかざすてのひら

腕時計のベルトが切れてたよりなき左手首を上司にさらす

もう少ししたら来るぞと外壁を塗りいるひとが雨をいう声

台風のまえの小雨に濡れながら外注さんが納品にくる

十時頃避難訓練はじまりぬ生産一課が火元だという

鉄製の手すりの段を下るなり測定台に図面を置いて

集合は外階段の東がわ朝のひかげをさがして座る

自分の命は自分で守ってくださいと途切れとぎれの声がきこえる

限りあるものだとしても

いつまでもわたしのそばにいてほしいあなたのそびらあなたの足裏

もしさきにしんだとしても泣かないでずっとあなたのそばにいるから

あなたからわたしが離れることはない　二百年後も五百年後も

あからひく朝市に陽はふかく入りあなたが選ぶ無花果のジャム

いつの日かかならず行くって決めている好きな電車に好きなだけ乗り

だれのことも憎みたくない（ほんとうは）腰赤燕の止まる電線
ぼくたちのこの世の時間はどれくらい影踏みをして雲梯をして
雲梯をわたりゆくときぐいぐいとあなたのからだ雲になりゆく

たまかぎるあなたが消えてしまいそう三往復目の夕空、雲梯
歌って。と耳に言ったら唇は〈彼方の光〉のサビを歌った
（村松崇継作曲）

山陰

ちちのみの父の好める萩のはな風のなき日の庭に咲きいる

高津川の南に生家のあることを父はいうなり鮎をほぐしつつ

雪のない時期の法事なら帰る　電話の伯父にこたえいる父

おおははの遺言状にわが父の相続額は弐拾萬円とあり

日本海までは三十キロくらい潮のかおりの届かぬ町の

割烹美加登家《みかどや》の向かいは父の生家なり女将は父をシュウチャンと呼ぶ

泡

つばのひろき帽子をかぶる妹の子を得てのちの夢は知らざり

甥っ子を抱かなければ二歳児の骨格などは知らずに過ぎむ

この空の冴ゆる冬月しんしんと師の享年にすこし近づく

おそなつに二人目の子を産むと言う　妹はゆうべのリビングに来て

すこやかに産まれくること大事なり母はふたたび妹にいう

せっけんは使えばちいさくなるんだよお風呂で子どもに教えいる声

わが膝にのぼりくるなり冬の夜ピアノに向きて歌いておれば

ママ、ママと言いてわが膝はなれたり入浴剤の匂いをさせて

稜線

雨のあとは大麻山《おおあささん》がよく見える二階廊下の北の窓から
雲の影は大麻山の中腹を東の方へ動きはじめる

標高を知らないままにものごころついた頃から見あげいる山

この山の麓に暮らしている友は「徒歩十分で行ける」と笑う

名水の真名井の水が湧くらしい一度も飲んだことはないけど

徳島を離れて暮らしたことはないたぶん死ぬまで徳島に住む

ホタルルシフェリン

いつの日にかわれをはげまさむ父との暮らし母とのくらし

雨音のよくひびく朝　具体とはたとえばわたしの右の耳朶

ふたり目の子どもは胎に眠らせて螢のようにうたう妹

妹のかなしみにわれは近づけず妹の子をただ膝に呼ぶ

抱きあげたときにまわした手のひらが児の心臓の音をとらえる

風速／風向

杜のなかのひなたひかげを歩きくるあなたの帽子の半円の鍔

長寿杉のおおきな瘤を撫でてみる瘤のたかさを見さだめてから

幾千の幾万の手に撫でられてひかりいるなり樹の幹の瘤

どうしても海が見たいというひとを連れてちいさな海を見にゆく

河口へと下りゆくとき右がわに見える水面を川と教える

かなしみをあかさぬひとの背《そびら》にも風はひとしく北から吹いて

水平線までの遠さよ人間はひかりをかえす鱗を持たず

かざかみに背をあずけいるいちにんのうすももいろのストライプシャツ

海の上のセイルと風のおおきさを教えてくれるひとと見る海

同性の親子はとおいものだよとひかりのなかに声を放せり

履くひとのいなくなりたる白い靴すなに半分埋まったままの

遠く

かなわざる願いのいまだすくなくて児は牛乳のおかわりをする

ぶらんこに乗りたがる児を連れてゆくむかしわたしが遊んだ場所へ

児には児のともだちがいて公園の黄色い椅子にならんで座る

秋の歌をうたいてやらむと妹が子らにうたいいるとんぼのめがね

種子のなき大き葡萄のひと粒を剝いていている手を児はのぞきこむ

来世とはこんなものかもしれなくて児と走らせる玩具の電車

妹と母の諍う声をきく一方にわがこころ寄りつつ

手花火の音がこわくてわが膝に凭りてくる児に空けておく膝

十月の草生にボールをおいかける児を追いてわが父の影ながし

もう在らぬ父の声かと思うほど児を呼ぶ声をなつかしく聞く

ふりむきてわが父を呼ぶ児の声とそれにこたえる声ありて風

児の足がボールを蹴れば蹴られたるボールはまっすぐ前へ転がる

靴

おおははの遺産をつかい玄関に手すりをつけてくれたり父は

補装具はまだいらないと応えればもう無理でしょうと主治医は言えり

スリッパを脱ぎて素足のあなうらに拒み続ける力が欲しい

装具は　義肢装具士がつくるのか株式会社小谷義肢の名刺

補装具は膝したまでを覆うもの両側支柱付き短下肢装具

訓練室にリハビリ中の子どもいて一足の装具が入口にあり

雪の香の届くことなき外来の廊下に沿いて手すりは続く

ギプス室に両足型をとられつつしろがねひかる窓枠を見る

「足首が曲がらないので」直属の上司に装具の画像を見せる

TOTOの洋式トイレひとつだけ設置されたり二週間後に

今日すぐに歩けなくなることはない装具を履いて出勤をする

制服のパンツの覆う補装具の重さを会社のひとは知らない

雨の日は靴底の鳴る補装具を扉の前のマットで拭う

いまの足の機能を保つとうのみののぞみのありて母はよろこぶ

寝室の窓は朝陽の入るところ右手の甲がよりあかるくて

舟をうかべる

たくづのの白紙の舟いまきみが折っているのはたぶんかなしみ

二階から一階へゆくきだはしのところどころに潦あり

冒頭のsoloの音色を思いつつ寝るまえに塗るリップクリーム

きみまでの海図をふたたび描きなおす　冬を過ぎても雪の降る海

跋

永田愛さん、歌をお作り

真中朋久

二〇一〇年に亡くなった河野裕子さんの、歌集には納められなかった作品に、こういうものがある。

半夏生《はんげしやう》の白い花穂に触《さや》りつつ永田愛さん、歌をお作り

河野裕子（「塔」二〇〇八年十一月号）

同じ一連には「まぎれなく移転箇所は三つありいよいよ来ましたかと主治医に言へり」（『葦舟』）がある。そんな一連の一首めである。

河野さんは多くの若者を叱咤激励して育ててきたわけだが、こんなふうに作品で、しかも名指しで「歌をお作り」というのは、ほかにはないのではないか。この作品の言葉は、この人は歌とともに生きて行く人に違いない。歌とともに在ることは、この人を内側から支えることになるに違いない。そんなふうに心の奥底の直感から発せられたものであるだろうと思う。私も、まさしく、そのとおりと思う。

この歌集を読めば、おのずから作者の姿は浮かんでくるだろう。音楽を愛し、恋に悩み、工場で働き、さまざまなわだかまりを持ちながらも家族を愛する作品の声は、基本的に明るい。

音楽に係わる作品から読んでみよう。

四本のトロンボーンに友の音あればひとつをききわけて聴く
あきらかにきみの音色が足りないと第二楽章なかばに気づく
プロヴァンス太鼓の音に励まされ〈アルルの女〉を最後まで吹く

耳の良い人だ。もっとも、合奏をするならば、合奏のなかのひとつひとつの音を聴き分けられて当然なのかもしれないが、そのなかで「友の音」「きみの音色」を聴き分けるところに、生身の演奏者の心のたかぶりがある。微妙な違和感から、「きみの音色」を思い出す。あの人なら、そこは、こんなふうに演奏していた、ということが思い出されるのだろう。

励まされるというのも、合奏の悦びのひとつ。危ういところがあったのか、気持ちが入りきらないところがあったのか。それでも元気の良い「太鼓の音」によって、徐々に立て直す。そんなこともありそうだ。太鼓のほうも、主旋律に励まされながらリズムを刻んでいるものであったりする。

まだきみに会うのはこわい出演者名簿にきみの不在を探す
きみと吹くことのなかった〈La Folia〉の楽譜のコピーがテーブルにある

かつての思い人は音信不通だが、このオーケストラでいまも演奏しているかもしれない。オーケストラなどの場合には、出演者の数も多いので、プログラムに「出演者名簿」がつくことが多いが、その名簿をおそるおそるたどってゆく。「不在を探す」というのが表現として面白い。そのひとの名前が無ければよいのに……と思いながら探すことはあるものだ。

音楽を練り上げてゆく過程で、楽譜の細かいところまで精読したり、表題の意味や作曲の背景について解説を参考に理解を深めてゆくものだが、演奏する曲をどれにしようか選ぶ段階で、そのままになるということがある。あとで気付いてみれば〈La Folia〉は「狂気」とも「常軌を逸した」ともある。踏み越えることをしなかった、できなかったことを静かに思うのだろう。
この歌集の、つまり作者の抱える一番大きなテーマは、自分の足にかかわることであるだろう。

保育所でゴム跳びのゴム跳べざりきわたしの足の最初の記憶
自分から自分が離れてゆく感じ十年前はもっと歩けた

かすかに身体的動作が不得意であることを意識した幼い頃。そして次第にはっきりと、足が不自由であることを意識しなければならなくなる。努力ではどうにもならないことに直面する。「障害者手帳」を家族に勧められながら、なかなか踏み切れないという作品も何首かある。これはデリケートなことであって、よかれと思ってかける言葉も、その気持ちは理解しながら、その考え方にある負の側面に気づいてしまい、深く傷ついたりもする。

いろいろな躓きは、すべてひとつのこと＝足が不自由であることに原因があると思い始めると、そこから逃れられなくなることもある。じっさい、それが原因で失ったことは多いだろう。

ただ、もうひとつ、作者にとって逃れることのできない事実があった。


冬の日にわれとふたりで生まれ来しいもうとがいて墓に眠れり

ほんとうは何も覚えてないはずの　水のなかでのみじかい会話

「愛ちゃんが死んでも不思議はなかった」とかつて誰かがわたしに言った

双子として生まれてくるはずだったもう一人は死産だった。これは生き残った者にとっては、かなり重荷になることがある。家族がそのように言っても言わなくても、〈あなたは二人分を生きなければならない〉という観念が、どこかのしかかってくる。生き残ったぶん、明るく生きなければならないということも、場合によっては重荷になる。

そんな条件とどのように向き合うのか、どうやってやりすごすのかは、人それぞれ。是非というものがあるのだとすれば、本人がよりよく生きることができるかどうかということ以外にはない。そんなふうに思うのだ。

家族の歌はどれも良いが、妹さんと、その子が出て来る作品を引いてみよう。

人混みでときおりわが手をひいてくれる妹の手はピアノを弾く手

左がわの手すりを持ちて階段を下る今年の夏の妹

晩秋のようなあかるさ子を知らぬわたしの腕がみどりごを抱く

健常者として生まれた妹は、自然に手を引いて支えてくれたりしていた。それはそれとして、いろいろなことで妹に先を越されることになる。妹だけが幸せを摑んでゆく、ということに心が穏やかなはずはない。穏やかではないけれど、そのまま遠ざけてしまいたいわけでもない。そういった心の揺れが、歌集の陰影を深くする。

身重になった妹が、階段の手すりを持っている。やがて生まれた子どもを抱かせてくれる。新しい命をこの世に迎える。無条件にそれは喜びであり、そのことによって、少しずつわだかまりを解いてゆくことにもなるだろう。

歌の数は多くないが、職場の歌のシリーズは好きで、「塔」誌面でも注目して読んでいた。

風下のわたしの席に飛んでくる小林くんの大事な図面
平面度・外径・内径はかる昼　飛ぶ鳥の影が窓をよこぎる
永田さんのデータは信用できないと言われいるとき静まるオフィス
もう少ししたら来るぞと外壁を塗りいるひとが雨をいう声
台風のまえの小雨に濡れながら外注さんが納品にくる

現実の職場には、いろいろたいへんなこともあるのだろうけれど、風に飛んでくる図面、機械の部品の手ざわり、叱責の声も、現実世界の手応えのようなものがあって、いきいきしている。窓の外の人の声や納品に来る外注業者の様子なども良い。

集合は外階段の東がわ朝のひかげをさがして座る
自分の命は自分で守ってくださいと途切れとぎれの声がきこえる

職場の防災訓練は、周囲のひとたちは階段を駆け下りてゆくのだろう。手すりに頼りながら、なんとか集合場所に着くが、はたして、いざというとき、自分の命を自分で守ることができるのかどうか。
別のところには、

愛さんを背負うて山へ逃げられる?六十二歳の母の言葉は

ということもあって、家族の不安は、当然本人も感じていることなのだ。きれいごとだけで済まないことはあるだろう。

将来を考えれば不安になる。生きてゆく上で、さまざまなかなしみはある。かなしみは簡単に消えるものではない。それでも、明るい声で歌うことによって、明るい文体で自分の歌を作ることによって、自分の気持ちは前に向く。


たくづのの白紙の舟いまきみが折っているのはたぶんかなしみ

きみが折る「かなしみ」……それは自分自身が歌をつくることであり、音楽を奏でることでもあるだろう。白紙を、かたちのある舟にすることによって、水の上に浮かべることもできる。澄みきった明るい音色は遠くまで届く。明るい文体の歌は読者の心に届く。

歌を読みあう友人の存在は、「プロヴァンス」の「太鼓」のように作者を励ます。新しい仲間、古い仲間との合奏には、それまでとちがったハーモニーが生まれるだろう。

　だからこそ「歌をお作り」と思うのだ。自分を支えることは、周囲の人を支えることでもある。作者が自分のために作る歌は、読者の心にも響いてくるものなのだ。紹介できなかったよい作品は、まだたくさんある。ぜひ、多くの人に、この歌集を読んでもらいたいと思う。それぞれが感じる永田愛さんの音色を聴き分けて欲しいと思うのである。

あとがき

歌集を出します！と宣言してから、数年の歳月が経っていました。

ところがいきなり「二〇一八年の誕生日に歌集を出す」ことになりました。昨年の誕生日に、短歌ユニット「ととと」のメンバー白石瑞紀さんと藤田千鶴さんと一緒に奈良旅行をした時「平成最後の誕生日に歌集を出そうよ」と瑞紀さんに誘われました。瑞紀さんと生年は違うけれど、同じ誕生日です。うれしくなって「出す」と答えました。瑞紀さんはあとになって「歌集を出すつもりなどなかったはずなのに、あの時はどうかしていた」と言っていました。誕生日に歌集のW刊行が実現するのは、瑞紀さんと、W刊行を快諾してくださった青磁社の永田淳さんのおかげです。

短歌をはじめたのは一九九九年。短歌を詠んでいた母の友人（であり、わたしにも大切な存在）の死と、恩師Ｈ氏の遺歌集を読んだことがきっかけでした。どこかの結社に入ろうと思ったのは二〇〇四年頃です。当時の主宰の永田和宏氏と名字が同じだということに大きな運命を感じて塔短歌会に入会しました。わたしの勘は当たっていました。

歌集には一九九九年から二〇一三年十二月までの歌をほぼ編年順にまとめ、少しだけ近作を加えました。

真中朋久氏には歌集をまとめるにあたり、選歌の段階から丁寧なアドバイスをいただき、こころのこもった跋文もご執筆いただきました。ただただ感謝するのみです。主宰の吉川宏志氏をはじめ、あたたかい励ましや助言をくださった塔短歌会のみなさま、歌の友人に深く感謝しています。生前「我が家の三人目の子になりなさい」と仰ってくださった河野裕子さんにも、歌集を楽しみに待っていてくれた亡き友人にもようやく報告することができます。

わたしに短歌と歌友があることを喜び、日々の生活を応援してくれる家族と、生きてゆくよろこびを教えてくれる妹一家にもたくさんのありがとうを伝えたいです。

最後になりましたが、何もわからないわたしを辛抱強く導いてくださった永田淳さん、素敵な装幀に仕上げてくださった仁井谷伴子氏、希望すべてを表紙の装画に施してくださった千原こはぎ氏、『アイのオト』を手にしてくださったすべての方に心よりお礼申し上げます。

二〇一八年十一月七日　立冬の日

永田　愛

著者略歴

永田 愛（ながた あい）

12月23日兵庫県生まれ、会社員。
1999年短歌をはじめる。
2004年「塔短歌会」入会。
2017年より「七曜」同人。
短歌ユニット「ととと」メンバー。

Twitter:@NagataAicchi

塔21世紀叢書第341篇

歌集 アイのオト

初版発行日 二〇一八年十二月二十三日
著者 永田 愛
定価 二五〇〇円
発行者 永田 淳
発行所 青磁社
京都市北区上賀茂豊田町四〇－一（〒六〇三－八〇四五）
電話 〇七五－七〇五－二八三八
振替 〇〇九四〇－二－一二四二二四
http://www3.osk.3web.ne.jp/~seijisya/
装画 千原こはぎ
装幀 仁井谷伴子
印刷・製本 創栄図書印刷

ISBN978-4-86198-419-8 C0092 ¥2500E